August Classen

Zur Physiologie des embryonalen Herzens: experimentelle Untersuchungen

Antigonos

August Classen

Zur Physiologie des embryonalen Herzens: experimentelle Untersuchungen

Unveränderter Nachdruck der Originalausgabe von 1876.

1. Auflage 2024 | ISBN: 978-3-38699-360-9

Antigonos Verlag ist ein Imprint der Outlook Verlagsgesellschaft mbH.

Verlag: Outlook Verlag GmbH, Zeilweg 44, 60439 Frankfurt, Deutschland
Vertretungsberechtigt: E. Roepke, Zeilweg 44, 60439 Frankfurt, Deutschland
Druck: Libri Plureos GmbH, Friedensallee 273, 22763 Hamburg, Deutschland

ZUR

PHYSIOLOGIE

DES

EMBRYONALEN HERZENS.

EXPERIMENTELLE UNTERSUCHUNGEN

VON

DR. ROBERT WERNICKE

IN JENA.

JENA,

VERLAG VON HERMANN DUFFT.

1876.

Inhalt.

ZUR

PHYSIOLOGIE

DES

EMBRYONALEN HERZENS.

In der vorliegenden Schrift sollen Versuche beschrieben werden, welche die Thätigkeit des embryonalen Herzens im Hühnerei
in den ersten Tagen seiner Entwicklung zum Gegenstande haben.
Da hierüber trotz der interessanten beiläufigen Versuche des
grossen Harvey (1651) keine speciellen Untersuchungen angestellt
wurden [1]), so schien es zweckmässiger, zunächst zur Orientirung
über das Verhalten des Embryoherzens überhaupt mannigfaltige
Eingriffe vorzunehmen und deren Effect sorgfältig zu beobachten,
als einen einzigen Eingriff nach verschiedenen Richtungen in er-
schöpfender Weise zu behandeln.

Die Schwierigkeiten sind in beiden Fällen sehr gross schon
wegen der Kleinheit des Untersuchungsobjects, dann weil die bis-
her unvermeidliche Bloslegung des Embryo diesen schädigt und
es noch nicht glückte, ihn nach Eröffnung des Eies und künstlicher
Verschliessung desselben mit einem Glasfenster länger, als etwa
einen Tag, am Leben zu erhalten. Herrn Professor Preyer, in
dessen Laboratorium ich diese Arbeit ausführte, muss ich für den
gütigen Beistand, welchen er mir beim Lösen der Schwierigkeiten
leistete, meinen aufrichtigen und herzlichsten Dank sagen.

Wenn nun auch die Arbeit der Natur der Sache nach frag-
mentarisch bleibt, so ist doch die Zahl der gut gelungenen Experimente, welche weit über hundert beträgt, ausreichend, um eine
Reihe von neuen für die Physiologie des Embryo wichtigen Thatsachen zu beweisen. Ich hoffe, dass, nachdem einmal der Anfang
gemacht ist, auch andere dieses fruchtbare Gebiet experimenteller
Untersuchung betreten und die von mir gefundenen zum Theil
noch völlig unvermittelt dastehenden Facta in einen befriedigenden
Zusammenhang bringen werden.

---

1) Harvey (*De generatione animalium Exercitatio XVII. Editio novissima.
Hagae 1680*) beobachtete schon das schnellere Schlagen des Embryoherzens nach
mechanischer und thermischer Reizung (S. 99. 100).

1

§ 1.

Sämmtliche Versuche wurden vorgenommen an Hühnereiern, die in einem constant auf 39° erhaltenen Brütofen gelegen hatten. Die Eier kamen aus dem Brütofen in ein warmes Sandbad, welches, um das Erkalten zu vermeiden, seinerseits wieder in einem wärmeren Sandbade stand. Im Sandbade wurde an der Stelle, wo der Embryo zu vermuthen war, die Schale entfernt, und zwar mit grösster Behutsamkeit, um nicht etwa mit den angewandten Instrumenten den Embryo zu berühren. Es gelingt auf diese Weise leicht, sich ein Beobachtungsobject *in situ* zu verschaffen. Bei einer späteren Reihe von Versuchen kam eine andere Methode zur Anwendung: die Eier wurden nämlich in einer zuvor erwärmten Kochsalzlösung von 0,75 Procent, die dauernd warm gehalten wurde, von ihrer Schale ganz und gar befreit. Das Eiweiss sowohl wie der Dotter behielten stundenlang ihre normale Form bei. Diese Methode hat noch den wesentlichen Vortheil, dass man etwaige Veränderungen an den Gefässen der *Area vasculosa* augenblicklich bemerkt. Der in Anwendung gebrachte Apparat ist im § 11 beschrieben.

Die von Schenk[1]) angewandten Verfahrungsweisen, den Embryo oder gar das isolirte Herz auf ein erwärmtes Glas oder in Kochsalzlösung zu bringen, muss ich, auch noch nachdem ich zur zuletzt beschriebenen Methode übergegangen bin, für untauglich erklären. Ein solches Verfahren kann, weil die Eingriffe zu stark sind, nicht einmal zu annähernd genauen Resultaten führen.

Die Temperatur des Eies wurde nach dem Stand des hunderttheiligen Thermometers im Sand- oder Wasserbade beurtheilt, da ein Messen der Temperatur im Ei selbst nicht zulässig erschien; denn die Einführung eines Thermometers in das Ei ist ein gar zu grosser Eingriff.

§ 2.

Mit Bestimmtheit einen Zeitpunct für das Auftreten der ersten Contraction des embryonalen (Hühner-)Herzens anzugeben, ist nicht wohl möglich, da die Temperatur bei der die Eier bebrütet werden, von grossem Einfluss auf den Verlauf der Entwicklung ist. Bei höheren Temperaturen bebrütete Eier entwickeln sich bekanntlich schneller, als solche, welche in kälteren Öfen gelegen

---

1) Sitzungsberichte der k. Akad. d. Wiss. in Wien. Math. phys. Cl. 56. Bd. 2. Abth. S. 11.

haben; auch scheint die Zeit, welche zwischen dem Legen und dem Beginne der Bebrütung verflossen ist, von Einfluss zu sein. Die verschiedenen Angaben, welche ich in der Literatur gefunden habe, stimmen nur darin überein, dass die Contractionen in der zweiten Hälfte des zweiten Bebrütungstages auftreten.

Bei A. v. Haller[1]) finden sich zwei verschiedene Angaben: nach der ersten beginnen die Contractionen um die 51. Stunde, nach der zweiten schon in der 45. Stunde. C. E. v. Baer[2]) bemerkt: **das Herz fängt gegen das Ende des zweiten Tages an zu schlagen, erst unregelmässig, später regelmässig bis zu 150 Schlägen in der Minute.** Remak[3]) sagt: **Um die Mitte des zweiten Tages zeigt das Herz periodische Zusammenziehungen.** W. Carpenter[4]) meint, dass die Sonderung des Herzens in der 27. Stunde beginne und fährt dann fort: *Although the development has proceeded thus as far as about the 35th hour, no motion of fluid is seen in the heart or vessels until the 38th or 40th hour.* Prévost und Lebert schreiben: *A trente six heures, nous n'avons eu d'autre particularité à noter que le commencement des contractions du coeur, qui à cette époque consistent en un mouvement oscillant, ressemblant au mouvement péristaltique des intestins.* Etwas weiter heisst es: *A trente neuf heures les contractions sont devenues rhytmiques et régulières.*

Ich beobachtete einmal bei einem 46 St. lang bebrüteten Eie regelmässige Herzschläge. Aus einer früheren Arbeit aus dem physiologischen Institute zu Jena (1872) von Dr. Guido Sonnenkalb, welche mir als Manuscript vorliegt, geht hervor, dass der genannte Beobachter an 44, 45, 47, 50, 52, 54, 55 St. lang bebrüteten Eiern keine Contractionen bemerkte. Aus diesen Angaben lässt sich wohl schliessen, dass die erste Systole zu verschiedener Zeit auftritt, meistens aber vor der 48. und nach der 36. Stunde.

Ob zur Auslösung der ersten Contractionen Hämoglobin oder Blutkörperchen nöthig sind, ist nicht entschieden. *Quantum mihi observare licuit,* sagt William Harvey[5]), *videtur sanguis esse ante pulsum,* und: *Videtur paradoxon sanguinem fieri et moveri .. an-*

---

1) Kleinere Werke: *De formatione cordis.*
2) Entwicklungsgeschichte der Thiere 1. Th.
3) Entwicklungsgeschichte der Wirbelthiere S. 19.
4) *Principles of comparative physiology.*
5) A. a. O. S. 96. 364.

tequam ulla organa sanguifica, vel motiva exstiterint. Prévost und Lebert constatiren, von der 36. St. redend: *Le liquide mu ou plutôt balloté dans son intérieur ne montre pas encore des globules sanguins.* Dagegen Milne Edwards[1]): *On a dit aussi que le coeur de l'embryon du poulet se contracte avant de contenir du sang; mais ainsi que nous le verrons dans une autre partie de ce cours la formation du sang précède de quelques heures l'apparition des premiers mouvements pulsatiles du coeur.* Die Stelle, auf welche sich M. Edwards bezieht, habe ich nicht auffinden können. Remak[2]) äussert sich bestimmt: Sobald das Herz seine Bewegungen beginnt, findet es schon eine reichliche Menge von Blutzellen in den Gefässen vor.

Ich selbst habe Contractionen gesehen, ohne dass die *Area vasculosa* deutlich gefärbt gewesen wäre. So oft ich aber Blut aus frühen Stadien untersuchte, fand ich Blutzellen vor. Auch C. Dareste[3]) fand in den halb beölten Eiern, deren Embryonen an Asphyxie oder Anämie zu Grunde gehen, in letzterem Falle die Gefässe und das Herz ganz farblos, aber in der in den Gefässen circulirenden Flüssigkeit immer Blutkörper.

§ 3.

Die Frequenz der Contractionen betreffende Angaben sind sehr selten. C. E. von Baer zählte „bis zu 150 Schlägen in der Minute", Remak „etwa 40 in der Minute". Obwohl die beiden Angaben weit voneinander abweichen, können doch beide Forscher Recht haben. Remak hat vielleicht nur an kälteren Eiern aus früheren Stadien gezählt, während Baer auch solche benutzte, welche wärmer und älter waren.

Die Eier, an welchen ich die Frequenzen genauer ermittelte, sind zwischen der 46. und 268. Bebrütungsstunde eröffnet worden. Man darf jedoch selbstverständlich nicht den einzelnen Zählungen gleiches Gewicht beilegen, da viele Factoren zu gleicher Zeit das Ei beeinflussen, welche veränderlich sind und als mehr oder weniger starke Reize wirken. Das Eröffnen des Eies selbst ist schon ein grosser Eingriff; dann aber spielen noch eine Rolle: die Zimmertemperatur, die Temperatur des Sandbades, in welchem das Ei liegt, der Feuchtigkeitsgrad der Luft u. a. m. Es war da-

---

1) *Leçons sur la physiologie et l'anatomie comparée de l'homme et des animaux.* 4. Bd. S. 127.

2) A. a. O. S. 21.

3) *Comptes rendus de l'Acad. des sc.* Paris. 54. Bd.

her nothwendig, das Herz unter möglichst constanten günstigen Bedingungen zu beobachten. Ich versuchte die Pulsationen bei uneröffnetem Ei zu zählen, indem ich directes Sonnenlicht auf dasselbe fallen liess und eine dunkle Röhre auf die Stelle desselben setzte, wo der Embryo lag; so gelang es öfter durch die Röhre bei völlig unversehrter Schale den Embryo und die grösseren Gefässe der *Area vasculosa* zu unterscheiden. Leider war das Bild immer nicht deutlich genug, um die Pulsationen genau zählen zu können. Da zu vermuthen war, die Kalkschale sei an der Unklarheit des Bildes schuld, so ätzte ich dieselbe mit Salpetersäure weg (Schwefelsäure, Salzsäure, Milchsäure erwiesen sich als ungeeignet, wahrscheinlich weil sie die organische Grundsubstanz unversehrt liessen), fand aber das Bild um nichts heller; es lag die Schuld also nicht am Kalk allein, sondern an der Schalenhaut unter der Kalkschicht. Daher wurde versucht diese aufzuhellen, was aber nur durch 24stündiges Einlegen in Kalilauge gelang, ein Mittel, welches selbstverständlich nicht angewandt werden konnte.

Nach diesen und verschiedenen anderen fruchtlosen Versuchen, kehrte ich wieder zur alten Beobachtungsmethode zurück, welche folgende Zahlen ergab:

Stunde	Pulsationen in der 1. Minute
46.	90
60. bis 69.	122
70. „ 79.	142
80. „ 89.	140
90. „ 99.	150

Alle Zahlen gelten nur für die **erste Minute** nach der Eröffnung, was besonders hervorgehoben werden muss (vgl. unten § 6). Sie geben Mittelwerthe an, die aus den Einzelbeobachtungen der Tabelle (am Schlusse dieser Abhandlung) resultiren.

§ 4.

Die Art und Weise des Zustandekommens der Contractionen des Herzens im Embryo, ehe dasselbe Nerven und Muskeln besitzt, wenigstens ehe man Querstreifen an den Herzmuskelfasern erkennen kann, also bis gegen das Ende des vierten Tages, ist jedenfalls eine andere, als später. Es werden, nach meiner Ansicht, bei den Embryonen bis zu Ende des vierten Tages, wahrscheinlich aber noch viel länger, die Contractionen durch das in das Herz strömende Blut ausgelöst. Als einen Wahrscheinlichkeitsgrund für diese Behauptung lassen sich Experimente über die Abschneidung

der Blutzufuhr anführen, welche ich wiederholt angestellt habe,
und von denen drei beschrieben werden mögen:

Versuch 60.

Ei am 3. Aug. 2ʰ Nm. in den Ofen gelegt; am 7. Aug. 2ʰ Nm. herausgenommen. Bebrütungsdauer: 96 Stunden, Zimmertemperatur: 21,5⁰. Sandtemperatur: 39,5⁰. In 30 Sec. 86 Pulsationen.

Es wurden die *Venae omphalomesentericae* comprimirt. Das Herz erbleicht sehr schnell, contrahirt sich, nachdem es völlig erblasst, noch einige Male und bleibt dann stehen. Nach dem Aufhören der Compression gleichfalls Stillstand; beide Venen waren zerquetscht.

Versuch 86.

Ei am 23. Aug. 9ʰ Vm. in den Ofen gebracht; am 26. Aug. 2ʰ 30ᵐ Nm. herausgenommen. Bebrütungsdauer 78 Stunden. Zimmertemperatur: 21,0⁰. Sandtemp.: 40,0⁰. In 30 Sec. 68 Pulsationen.

Die Venen mit einem glühenden Platindrahte durchbrannt.

Nach Durchbrennen der ersten Vene in 15 Sec. 42 Pulsationen. Herz verkleinert sich bedeutend, wird blasser. Nach Durchbrennen der zweiten Vene in 15 Sec. 5 Pulsationen; in den nächstfolgenden 15 Sec. 6 Pulsationen, dann völliger Stillstand des Herzens.

Versuch 89.

Ei am 25. Aug. 8ʰ 15ᵐ Vm. in den Ofen gelegt; am 28. Aug. 1ʰ 55ᵐ Nm. herausgenommen. Bebrütungsdauer 77 St. Zimmertemp. 21,0⁰. Sandtemp. 43,0⁰. In 30 Sec. 85 Pulsationen, in 15 Sec. 42 Pulsationen. Durchschneidung der Gefässe mit der Schere. Es mussten der Verzweigungen wegen, um alles Zerren zu vermeiden, drei Durchschneidungen gemacht werden.

Nach der 1. Durchschneidung in 15 Sec. 40 Pulsationen.

2.	30
3.	23
½ Min. nach vollendeter Operation	22
1	19
1½	15
2	12
3	9
5	15
15	5
17	in 2 Min. 0

Bei diesem Ei liess der Stillstand länger auf sich warten, weil noch ein kleiner Ast erhalten blieb, welcher nicht ohne Verletzung des Embryo durchtrennt werden konnte.

Die Übereinstimmung der Versuche zeigt auffallend genug die Wichtigkeit der Blutzufuhr für die Unterhaltung der Herzcontractionen. Bei denselben wurden drei verschiedene Methoden angewandt, welche alle zum Ziele führten; die beste von den dreien ist das Durchbrennen, weil man auf diese Weise den Embryo am wenigsten zu zerren braucht. Das Zuklemmen ist am wenigsten zu empfehlen, da es nicht ausgeführt werden kann, ohne die Gefässe zu zerstören und dieses durch Brennen oder Schneiden besser gelingt. Die Verengerung der Gefässe durch den tetanisirenden elektrischen Reiz, welche Prof. Preyer schon früher beobachtete, und welche bis zum Verschwinden des Lumen gehen kann, würde vielleicht ohne Zerstörung den Stillstand herbeiführen, wenn man an mehreren Stellen zugleich reizte.

Ausser dem Experiment spricht aber noch für obige Ansicht die Art und Weise, in welcher die einzelne Contraction erfolgt. C. E. von Baer bemerkt in seinem schon genannten Werke: „Diese Bewegungen hatten ganz das Ansehen, als ob die Aufnahme des Blutes in das Herz das Primäre, die Ausstossung desselben das Secundäre sei". Ganz denselben Eindruck machten die Pulsationen auch auf mich, schon ehe ich Baer's Ansicht kannte. Besonders auffallend ist dieses bei Eiern aus früheren Stadien und an solchen, welche dem Absterben nahe sind. Es dauert da die Diastole ausserordentlich lange, das Herz füllt sich viel mehr als gewöhnlich, ehe eine Contraction eintritt.

§ 5.

Dass auch die ersten Contractionen im warmen befruchteten Ei durch das in das Herz strömende Blut ausgelöst werden, scheint mir nicht zweifelhaft. Das Hühnchen nimmt im Ei die höchste Stelle ein, d. h. es liegt an der Stelle des Eies, welche am meisten von der Unterlage entfernt ist; dadurch, dass es dicht an der Schale liegt, muss es aber ausser der Schwanz- und Nackenkrümmung noch eine **dextro-convexe** resp. **sinistro-convexe** Krümmung eingehen. Es kommt hierdurch das in der Mitte des Körpers liegende Herz an die höchste Stelle im Eie.

Durch die Bebrütung wird das Ei erwärmt; in erwärmten Flüssigkeiten entstehen Strömungen, die zunächst nach dem höchsten Punct hin gerichtet sind; etwaige, in der Flüssigkeit suspendirte Körper werden mitgerissen, wenn sie leicht und klein genug sind. Ich glaube, dass auf diese Thatsachen gegründet, sich wohl eine Hypothese über die Auslösung der ersten Contractionen im bebrüteten Eie aufstellen liesse — vorausgesetzt, dass **vor** der ersten Systole contractionsfähige Herzsubstanz da ist — wenn man annimmt, dass die Flüssigkeiten in den Gefässen mit in Bewegung gerathen. Die von Schenk richtig ermittelte Thatsache, dass ein ausgeschnittenes und stillstehendes ganzes oder zerstückeltes Embryo-Herz beim Erwärmen wieder schlägt, ist damit nicht unvereinbar. Denn diese Contractionen des ausgeschnittenen Herzens halten nur kurze Zeit an, ähnlich den Bewegungen, welche man an ruhig daliegenden Spermatozoen durch Erwärmen hervorrufen kann.

Jene Bewegung von Flüssigkeiten im Ei scheint in der That stattzufinden, denn es wird von verschiedenen Autoren (Baer u. a.) bestimmt angegeben, dass Strömungen in der *Area vasculosa* zu beobachten sind, schon ehe das Herz pulsirt. Auch spricht für diese Ansicht noch das Factum, dass in Eiern, in welchen der Embryo nicht die oberste Stelle einnehmen kann, dieser nicht weiter in der Entwicklung kommt, als bis zur Anbildung des Herzens. Ich beobachtete einen in dieser Beziehung interessanten Fall bei einem 78 Stunden lang bebrüteten Eie. Gleich beim Eröffnen präsentirte sich ein sehr schönes, regelmässig pulsirendes Herz; beim weiteren Ausbrechen der Schale fiel mir auf, dass die *Area vasculosa* eine ungewöhnliche Form hatte; es fanden sich nun 2 Embryonen vor, von denen der eine lebend, der andere mit vollständig stillstehendem Herzen gefunden wurde. Der letztere lag an der Seite und konnte nicht an die Oberfläche kommen. Die Grössen-Differenz der beiden Embryonen war nicht erheblich, die Gefässhöfe schienen bei beiden fast gleich gut entwickelt, nur das Herz des lebenden war grösser.

In diesem Falle einer Zwillingsentwicklung war vielleicht die Strömung in den Gefässen des zweiten seitlich liegenden Embryo nicht stark genug, um das Herz in Thätigkeit zu setzen.

§ 6.

Ist einmal die Herzthätigkeit im Gange, und handelt es sich um möglichst genaue Bestimmung der Schlagfrequenz zu einer gegebenen Bebrütungs-Stunde, so können hierzu ausschliesslich die in der ersten Minute nach dem Eröffnen erhaltenen Zählungen dienen, denn bald nach dem Öffnen des sogleich durch Wasserverlust sich verändernden und sehr bald darauf absterbenden Eies tritt eine Abnahme der Frequenz der Contractionen ein. Diese Abnahme wächst in der ersten Zeit nach der Eröffnung schneller als später.

Man findet ferner fast immer eine geringe schnell vorübergehende prämortale Steigerung der Frequenz.

Als Beispiel diene

Versuch 9.

Ei am 14. Mai 1ʰ Nm. in den Ofen gelegt; am 18. Mai 1ʰ Nm. herausgenommen. Bebrütungsdauer 96 Stunden. Zimmertemp. 17,0⁰. Sandtemp. 40,0⁰.

Min. nach dem Öffnen	Pulsation in 30 Sec.	Min. nach dem Öffnen	Pulsation in 30 Sec.
¹/₂	84	40	25
2	76	45	22
4	60	55	20
6	56	65	21
8	54	70	20
11	54	75	18
16	43	85	26
20	35	90	16
25	32	95	14
30	29	100	10

Die Contractionen zuletzt sehr schwach und unregelmässig.

Es ist dieses einer der prägnanteren Fälle von prämortaler Frequenz-Steigerung; hier gelang es gerade den Augenblick bei der Zählung zu treffen, wo eine bedeutende Zunahme eingetreten war; bei den meisten anderen Zählungen trat keine absolute Zunahme auf, sondern, wenn die Zahlen auf Curven übertragen werden, deren Abscissen die Zeit darstellen, ändert sich nur die Richtung der Curve ohne Ascension, sie fällt kurz vor dem Tode weniger steil ab, oder verläuft eine Strecke parallel der Abscissenlinie; die Frequenz bleibt sich während einiger Zählungen gleich, um dann erst auf Null zu sinken.

Interessant ist, dass die prämortale Steigerung meist auch auftritt, wenn (vgl. § 17 und § 28) das Herz durch Gifte (Chinin, Kali u. a.) zum Stillstand gebracht wird.

Die Frequenz nimmt in der Weise ab, dass die Diastole immer länger wird (bis zu 10 Sec.), indem mehr Zeit verrinnt, bis das Herz den Füllungsgrad erreicht, auf den es dann durch eine Contraction reagirt.

Man kann nun annehmen, dass die Contractionen durch die Spannung im Herzen hervorgerufen werden, also dass vor jeder Systole eine Erhöhung des intracardialen Drucks eintritt, welche kurz vor dem definitiven Herzstillstand grösser sein müsste, als gleich bei der Eröffnung des Eies, wegen der beginnenden Lähmung; oder dass das Blut als thermischer, vielleicht auch als chemischer Reiz auf die Herzsubstanz einwirkt und der inzwischen verringerten Erregbarkeit wegen länger mit dem Herzen in Contact bleiben muss, ehe dieses sich contrahirt. Je mehr Zeit seit dem Öffnen verlaufen ist, desto mehr Blut muss in das Herz gelangen, ehe es sich contrahirt. Die Dauer der Systole dagegen bleibt bis zu Ende beinahe gleich, soweit ich mit dem Metronom und der Secundenuhr urtheilen konnte.

Eigenthümlich war das Verhalten des Herzens im Wasserbade. Es wurden so wiederholt schalenfreie Eier bis zu 3 Stunden beobachtet. Die Frequenz nahm dabei nicht auffällig ab, so lange die Temperatur constant blieb, aber es zeigte sich eine auffallende Unregelmässigkeit in den Pulsationen (siehe § 11).

§ 7.

Ein grosser Theil der Erscheinungen des Absterbens, speciell die Verlangsamung der Herzaction, wird hervorgerufen durch Wasserverlust, wie daraus hervorgeht, dass an geöffneten Eiern, aus denen das Wasser nicht oder nur schwer verdunsten kann, die Pulsationen viel länger zu beobachten sind.

Als Beleg:

Versuch 16.

Ei am 1. Juni 4^h Nm. in den Ofen gebracht; am 4. Juni 10^h 15^m Vm. herausgenommen. Bebrütungsdauer 66 St. Zimmertemp. 17,0^0. Sandtemp. 39,0^0. 1 Minute nach dem Öffnen 65 Pulsationen in 30 Sec.

Das Fenster im Ei wurde mit einem Uhrglase bedeckt und das Ei blieb im Sandbade liegen. 3½ Stunde später zeigte das Herz noch 30 Contractionen in 30 Sec., also nach 210 Minuten dreimal soviel als ein unbedecktes Herz (vgl. § 6 Vers. 9) nach 100 Min. unter denselben oder sehr nahezu denselben Bedingungen.

§ 8.

Das Absterben wird auch sehr beschleunigt durch Abkühlung; denn geöffnete und nach Verschliessung des Fensters wieder in den Ofen gebrachte Eier blieben noch einen Tag lang am Leben, solche, die nicht in den Ofen zurückkamen und bis nahe an die Zimmertemperatur sich abkühlten, zeigten nach 4 bis 6 Stunden keine Contractionen mehr.

Versuch 20.

Ei am 14. Juni 2^h 30^m Nm. in den Ofen gelegt; am 17. Juni 4^h 45^m Nm. herausgenommen. Bebrütungsdauer 74 St. Das Ei zeigte gleich nach dem Öffnen in 30 Sec. 68 Pulsationen.

Es wurde, nachdem das Fenster mit einem Uhrglase bedeckt worden, in den Ofen zurückgebracht; im Ofen stand eine Schale mit Wasser. Am 18. Juni 9^h Vm. zeigte das Herz 30 Pulsationen in 30 Sec. An demselben Tage 1^h M. zeigte es noch 15 Pulsationen in 30 Sec., aber um 4^h Nm. war keine Bewegung mehr bemerkbar.

Also ist nachgewiesen, dass zwar Verdunstung des Eiwassers und Abkühlung den Eintritt des Herztodes beschleunigen, aber noch andere bis jetzt unbekannte Einflüsse die Fortdauer der Herzthätigkeit im eröffneten, dann künstlich verschlossenen und nicht abgekühlten Eie verhindern, vielleicht **Staub** aus der atmosphärischen Luft, der sich aber nur sehr schwer ganz ausschliessen lassen wird.

§ 9.

Leichter ist es künstliche Änderungen der Frequenz und des Modus der Herzschläge zu studiren. Das embryonale Herz contrahirt sich ebenso, wie das ausgebildete, oder wie ein Muskel im frischen Zustande auf äussere Reize. Ist das Herz noch thätig, so tritt nach jeder Reizung eine Beschleunigung ein, welche sich bis zum Tetanus steigern kann; steht es aber still, so treten eine oder auch mehrere Contractionen auf, ohne dass zwischen jeder Contraction, wie kurz vor dem Stillstand, eine grössere Pause stattfindet. Die Contractionen folgen rasch hintereinander, und die Blutfülle erreicht nicht den Grad, den sie kurz vor dem Stillstand erreichen musste, um eine letzte Systole auszulösen.

§ 10.

Zuerst die Wirkung des **mechanischen** Reizes. Das Herz wird mit einem Stift leise berührt.

Versuch des Herrn S. (siehe § 2).

100 Stunden bebrütetes Ei. Zimmertemp. 16,2⁰. Sandtemp. 48,1⁰.

Min. nach der Öffnung	Pulsat. in 30 Sec.	Min. nach der Öffnung	Pulsat. in 30 Sec.
1	80	$14\frac{1}{2}$	36*
2	70	$15\frac{1}{2}$	36
4	62	17	34
5	58	22	34
6	50	25	30
$6\frac{1}{2}$	60*	29	30
7	55	36	20
9	46	42	16
11	42	47	3
13	39	49	2

Die Sterne bedeuten der Zählung unmittelbar vorausgegangene Reizung durch Berührung mit einem Elfenbeinstäbchen.

Völliger Stillstand selbst auf mechanischen Reiz erfolgte 63 Min. nach der Öffnung des Eies.

Andere Versuche, welche dasselbe Resultat ergaben, folgen weiter unten (§ 12: Einwirkung der Inductionsströme).

Lässt man den Reiz länger einwirken, d. h. lässt man das Stäbchen länger mit dem Herzen in Berührung, so hört der Reiz auf als solcher zu wirken, es tritt bald eine Verlangsamung ein. Ich habe dieses oft bei Einführung der Elektroden beobachtet; es zeigte sich erst eine rasche Zunahme, gleich darauf eine Abnahme der Frequenz.

§ 11.

Noch empfindlicher als auf den mechanischen Reiz reagirt das embryonale Herz auf den **thermischen.** Ist es im Pulsiren begriffen, so tritt bei Erhöhung der Temperatur eine Beschleunigung ein. Übersteigt die Temperatur einen bestimmten Grad, so soll nach Schenk ein Stillstand in Systole eintreten, welcher bei Abnahme der Temperatur wieder verschwinde. Schenk meint, dass dieser systolische Stillstand schon bei 40° C. eintrete. Ich habe wiederholt Eier bis auf 49,0 und 49,5° erwärmt, im Sandbade sowohl wie im Wasserbade, ohne diesen Stillstand zu beobachten. Ebensowenig trat der von Schenk bei 45,0° beobachtete völlige Stillstand (d. h. Tod) ein.

Beim herauspräparirten Herzen mag solches der Fall sein, für das im intacten Embryo befindliche gilt die Angabe nicht. Dieses antwortet aber auf verhältnissmässig schwache thermische Reize mit sehr bedeutenden Frequenzänderungen.

Versuch 18.

Ei am 7. Juni 2^h 30^m Nm. in den Ofen gelegt; am 10. Juni 2^h Nm. herausgenommen. Bebrütungsdauer 72 St. Zimmertemp. 19°. Sandtemp. 40°. 1 Min. nach Öffnung 65 Pulsat. in 30 Sec.

Das Ei wurde mit einem 8 Ctm. im Durchmesser haltenden Glascylinder von 6 Ctm. Höhe umgeben und derselbe mit einer Glasplatte verschlossen, so dass die Entfernung der ca. 2 Millim. dicken Platte vom Embryo ungefähr 20—25 Millim. betrug. Cylinder und Platte waren vorher auf 40° erwärmt worden. Nach kurzer Zeit beschlug sich die Glasplatte durch die aufsteigenden Wasserdämpfe und wurde in Folge dessen undurchsichtig; es wurde dieselbe deshalb, um sie warm zu erhalten und so vor dem Beschlagen zu schützen, von Zeit zu Zeit mit einem sehr heissen Glasstabe bestrichen, wodurch auch zugleich die Luft über dem Embryo sich erwärmte und ein thermischer Reiz gegeben war. 3 Min. nach Öffnung 56 Pulsationen in 30 Sec. Das Ei war bereits mit dem Rohr umgeben und dieses mit der Platte zugedeckt:

Minuten nach dem Öffnen	Pulsationen in 30 Secunden
5	52 Reizung
9	78
11	60
13	75 Reizung
17	66
19	62
25	65 Reizung
26	60
33	60 Reizung
45	58 Reizung

Das Wort „Reizung" bedeutet, dass vor dem Zählen die Glasplatte mit dem heissen Glasstabe bestrichen worden war.

Wie aus dem Versuchsprotocoll zu ersehen ist, trat jedes Mal nach dem Bestreichen mit dem heissen Glasstabe eine Frequenzzunahme oder ein Verharren auf der früheren Frequenz ein. Der einwirkende Reiz kann wegen des schlechten Leitungsvermögens des Glases und der Entfernung vom Herzen nur sehr schwach gewesen sein. Auch dauerte die Berührung höchstens 10 Sec.

Bei allmählicher Erwärmung des Eies tritt zwar keine anhaltende Beschleunigung, aber ein Schwanken der Frequenz um hohe Werthe ein, und die Abnahme wird verhindert. Um dieses darzuthun, dürfte sich einer von den mit dem Wasserbade angestellten Versuchen am besten eignen. Der benutzte Apparat[1]) bestand aus einem Glasgefässe mit durchlöchertem Boden (A), welches Wasser enthielt und mit der ebenfalls mit Wasser gefüllten Kugel (C) durch eine gebogene Glasröhre (B) communicirte. Durch Erwärmen der Kugel C war es leicht, das Wasser in A auf die gewünschte Temperatur zu bringen. In A steht ein zweites Glasgefäss G, welches das zu beobachtende Ei aufnimmt und Kochsalzlösung (von 0,75 Proc.) enthält. An dem in G stehenden Thermometer lässt sich die Temperatur leicht controliren und durch Reguliren der Flamme unter der Kugel erhöhen oder herabsetzen. Zeigte das Thermometer in G die gewünschte Temperatur 38,5—39,5°, so wurde das Ei in dem Gefässe unter Wasser geöffnet.

Versuch 117.

Ei am 26. Februar 5 Uhr Nm. eingelegt; am 2. März 4 Uhr 16 Min. Nm. herausgenommen. Zimmertemp. 18,0°. Embryo bewegt sich lebhaft. Bebrütungsdauer 119 S.

---

1) Abbildung desselben in der Jenaischen Zeitschrift für Naturwissenschaft 9. Bd. Taf. VI, Fig. 3.

Zeit	Badtemperatur	Pulsat. in 30 Sec.	Bemerkungen
4,20	38,6	82	
4,22	38,8	52	sehr unregelmässig
4,23	38,9	72	
4,25	39,2	52	Pausen bis zu 3 Sec.
4,26	39,7	56	
4,28	40,0	66	
4,29	40,4	62	
4,30	40,5	61	
4,35	39,8	49	
4,38	40,4	51	
4,39	41,0	51	während der 30″ 10″ Pause
4,41	42,1	64	
4,43	42,9	48	12″ Pause
4,44	43,9	62	8″ Pause
4,45	44,5	50	7″ Pause
4,46	45,2	60	5″ Pause
4,50	45,8	73	3—4 Pausen zu 3″—6′
4,51	46,0	62	
4,53	46,4	51	2 Pausen zu 5″
4,55	46,7	64	Atrien machen einige Contract. mehr
4,58	47,0	84	
4,59	47,1	49	
5	47,8	78	
5,3	48,0	68	
5,4	48,8	54	5 Pausen zu 3″—6″
5,5	49,0	71	
5,8	49,5	—	vereinzelte Contract. der Atrien

5,10 selbst auf mechanischen Reiz keine Contractionen mehr: Temp. des
Bades 50,0°.

Ebenso constant wie Temperaturerhöhungen Beschleunigungen
der Contractionen hervorrufen, bedingt jede Temperaturabnahme,
wie vorhin erwähnt (§ 8), eine Verlangsamung. Die Beobachtun-
gen von Schenk kann ich in dieser Beziehung bestätigen. Beim
Erkalten unter 10° tritt völliger Stillstand in Diastole ein. Dann
lässt sich auf keine Weise mehr irgendwelche Contraction aus-
lösen.

Im uneröffneten Eie dagegen halten die Embryonen bedeutende
Temperaturschwankungen sehr gut aus. Ich habe öfter in Eiern,
die in einem vorübergehend auf 44° erwärmten Ofen gelegen hatten, lebende Embryonen gefunden. Ebenso beobachtete ich regelmässige Contractionen an Embryonen, welche im Brütofen ein
Erkalten bis auf 28° durchgemacht hatten. Auch bei denjenigen
Vögeln, welche das Brutgeschäft am fleissigsten betreiben, wird
ein Schwanken der Eiwärme um mehrere Grade vorkommen müs-

sen, und wenn auch die meisten Vogelnester aus sehr schlechten Wärmeleitern gebaut sind, so können doch bei solchen Vögeln, welche ihre Eier auf der Erde ausbrüten und der Luft vielfach exponiren, grosse Temperaturschwankungen während der Incubation nicht vermieden werden. Allerdings hat das Albumen die Eigenschaft nur sehr langsam seine Temperatur zu ändern und jedenfalls können grosse kurz dauernde Schwankungen der Luftwärme stattfinden, ohne dass der Embryo im Ei seine Temperatur merklich ändert.

§ 12.

Um das Verhalten des embryonalen Herzens gegen den intermittirenden **elektrischen** Reiz zu prüfen, wurde ein von einem kleinen Grove'schen Element gespeistes Schlitteninductorium benutzt. Als Elektroden dienten fein ausgezogene und spitze Silberdrähte, welche an die Branchen einer isolirenden Elfenbeinpincette befestigt wurden. Die beiden Drahtspitzen konnten auf diese Weise leicht voneinander entfernt werden, ohne sich zu biegen. Wenn gereizt werden sollte, so wurden die Drähte an derjenigen Stelle des Dotters eingebohrt, welche dem zu reizenden Theile am nächsten lag; dann wurden die Drähte an den Körper des Embryo angelegt und die Pincette in einem Halter befestigt. So wurden viele Versuche angestellt.

Versuch 27.

Ei am 22. Juni 4^h 30^m Nm. in den Ofen gelegt; am 25. Juni 1^h 30^m Nm. herausgenommen. Bebrütungsdauer 93 St. Zimmertemp. 18,0°. Sandtemp. 38,0°. 1 Min. nach Öffnung und vor Einführung der Elektroden 45 Pulsationen in 30 Sec. Nach Einführung derselben 47 Pulsationen in 30 Sec. Elektrodendistanz (ED) 3,5 Mm.

3 Min. nach Öffnung wurde bei einem Rollenabstande (RA) von 50 Mill. während 10 Sec. gereizt. In den ersten Secunden 3 bis 4 Contractionen, dann systolischer Stillstand während der ganzen Dauer der Reizung. Nach dem Unterbrechen derselben beginnen die Pulsationen wieder, und zwar in der ersten ½ Min. nach Aufhören des Reizes 35 Pulsat., aber 2½ Min. später in 30 Sec. 45 Pulsat.

8 Min. nach Öffnung: RA. 50 Mm. Dauer der Reizung: 5 Sec. Während derselben starke Contraction und Stillstand. Das Herz klein und blass. Nach Aufhören des Reizes Wiederbeginn der Pulsat.: 40 in 30 Sec.

13 Min. nach Öffnung: RA. 100 Mm. Vor der Reizung in 20 Sec. 25 Pulsat.; während der Reizung keine Änderung der Frequenz oder des Typus

15 Min. nach Öffnung: RA. 80 Mm. Vor der Reizung in 30 Sec. 45 Pulsat.; Dauer der Reizung 10 Sec.; während der Reizung 20 Pulsat. mit kaum wahrnehmbarer Diastole. Nach Aufhören des Reizes in 30 Sec. 48 Pulsat.

18 Min. nach Öffnung: RA. 70 Mm. Reizdauer 10 Sec. Während der Reizung 25 Contractionen.

22 Min. nach Öffnung: RA. 0 Mm. Während der 5 Sec. dauernden Reizung beständige Contraction des Herzens. 3 Sec. nach Unterbrechung des Reizes Wiederbeginn der Erschlaffung; das Herz fängt an, sich in den hinteren Theilen mit Blut zu füllen. 15 Sec. nach Beginn der Pulsat. in 30 Sec. 50 Schläge.

30 Min. nach Öffnung: RA. 0 Mm. Dauer des Reizes 30 Sec. Während dieser ganzen Zeit systolischer Stillstand. Nach Aufhören des Reizes in 30 Sec. 50 Schläge.

43 Min. nach Öffnung: RA. 0 Mm. Dauer 60 Sec. Während des Reizes continuirlicher Stillstand in Systole. Die erste Diastole beginnt 15 Sec. nach Unterbrechung des Stromes; erst 5 Sec. später ist das Herz ganz mit Blut gefüllt. In den ersten 30 Sec. nach Wiederbeginn der Pulsat. 18, und 1 Min. später 34 Pulsat. in 30 Sec.

66 Min. nach Öffnung: RA. 0 Mm. Dauer 90 Sec. Während dieser Zeit keine Diastole. 30 Sec. nach Aufhören des Reizes erste Diastole; 30 Sec. später 32 Pulsat. in 30 Sec.

86 Min. nach Öffnung: RA. 0 Mm. Dauer 300 Sec. Während des Reizes keine Erschlaffung; das Herz liegt contrahirt, blass und bewegungslos da. 15 Sec. nach Aufhören des Reizes Beginn der ersten Diastole. 30 Sec. später 25 Pulsat. in 30 Sec.

95 Min. nach Öffnung: RA. 0 Mm. Dauer 420 Sec. Keine Erschlaffung während dieser Zeit. 25 Sec. nach Aufhören des Reizes Beginn der 1. Diastole.

Während dieser Versuchsreihe standen die Elektroden immer an derselben Stelle, nämlich die eine auf der Bauchseite des Embryo dicht vor dem Herzen, die andere auf der Rückenseite über demselben.

Versuch 30.

Ei am 23. Juni 3ʰ 30ᵐ Nm. in den Ofen gelegt; am 27. Juni 12ʰ M. herausgenommen. Bebrütungsdauer 91 St. Zimmertemp. 19,0°. Sandtemp. 38,5°. In 30 Sec. 66 Pulsationen. Die Elektroden eingeführt; der eine Draht an die mittlere Hirnblase, der andere an die Schwanzkrümmung angesetzt. Nach Einführung der Elektroden in 30 Sec. 49 Pulsationen.

3 Min. nach Öffnung: RA. 150 Mm. Dauer 80 Sec. Die Herzaction unverändert.

5 Min. nach Öffnung: RA. 100 Mm. Dauer 15 Sec. Vor der Reizung in 15 Sec. 22 Pulsat., während der Reizung 27 Pulsat., nach derselben 25 Pulsat.

7 Min. nach Öffnung: RA. 50 Mm. Dauer 15 Sec. Während der Reizung 38 Pulsat. In den ersten 15 Sec. nach Aufhören des Reizes 28 Pulsat.

9 Min. nach Öffnung: RA. 10 Mm. Dauer 20 Sec. Während der Reizung in 15 Sec. 30 Pulsat., nach Aufhören des Reizes 37 Pulsat. in 15 Sec.

14 Min. nach Öffnung: Die Elektroden wurden umgesetzt; der eine Draht auf die Bauchseite des Herzens, der andere auf den Rücken über dem Herzen. In 30 Sec. 64 Pulsat.

15 Min. nach Öffnung: RA. 50 Mm. Dauer 15 Sec. Während der Reizung starke Contraction des Herzens; in den ersten 15 Sec. nach dem Aufhören 24 Pulsat.

Versuch 38.

Ei am 25. Juni 4ʰ Nm. in den Ofen gelegt; am 30. Juni 1ʰ 30ᵐ Nm. herausgenommen. Bebrütungsdauer 117 St. Zimmertemp.: 21,0⁰. Sandtemp. 37,5⁰.

1 Min. nach dem Öffnen in 30 Sec. 80 Pulsat. Einsetzung der Elektroden wie im letzten Versuche der vorigen Reihe. Nach Einführung der Elektroden in 30 Sec. 85 Pulsat.

3 Min. nach dem Öffnen: RA. 0 Mm. Dauer 30 Sec. Während der ganzen Reizung continuirliche Contraction; 3 Sec. nach dem Aufhören desselben: Beginn der ersten Diastole.

Die Elektroden werden 18 Min. nach dem Öffnen direct auf das Herz gesetzt. RA. 0 Mm. Dauer 20 Sec. Während der Reizung systolischer Stillstand. 5 Sec. nach Unterbrechung des Reizes erste Diastole.

22 Min. nach der Öffnung. RA. 0 Mm. Dauer 720 Sec.; Elektroden wie beim ersten Versuche dieser Reihe; während der Reizung systolischer Stillstand. Da bis 3 Min. nach Aufhören des Reizes keine Diastole eingetreten war, wurde die Versuchsreihe abgebrochen.

Versuch 41.

Ei am 13. Juli 6ʰ Nm. in den Ofen gelegt; am 17. Juli 2ʰ Nm. herausgenommen. Bebrütungsdauer: 92 St. Zimmertemper. 21,0⁰. Sandtemper. 44,0⁰. In 30 Sec. 67 Pulsationen.

Es wurde versucht, von verschiedenen Theilen des Nervenrohres, besonders von den Hirnblasen aus, eine Beschleunigung, bez. Verlangsamung, der Herzaction hervorzurufen; aber es gelang auf diesem Wege nicht irgend welche Änderung der Frequenz oder des Typus der Contractionen herbeizuführen. Beim Ansetzen der Elektroden auf das Herz dagegen trat jedes Mal systolischer Stillstand ein, wenn der Rollenabstand genügend klein genommen wurde.

Versuch 43.

Ei am 19. Juli 7ʰ Nm. in den Ofen gelegt; am 21. Juli 5ʰ 30ᵐ Nm. herausgenommen. Bebrütungsdauer 46½ St. Zimmertemp. 24,5⁰. Sandtemp. 40,0⁰.

1 Min. nach dem Öffnen in 30 Sec. 55 Pulsat. RA. 10 Mm.; eine Elektrode auf der Bauchseite, die andere auf dem Rücken, das Herz zwischen beiden. Während der Dauer der Reizung systolischer Stillstand; 1 bis 2 Sec. nach der Reizunterbrechung erste Diastole und Übergang zur vorigen Frequenz. Das Herz stand nach 5 Min. völlig still.

Versuch 44.

Ei am 14. Juli 5ʰ 30ᵐ Nm. eingelegt und am 21. Juli 5ʰ 45ᵐ Nm. herausgenommen. Bebrütungsdauer 169 St. Zimmertemp. 24,5⁰. Sandtemp. 40,0⁰. In 30 Sec. 38 Pulsat. Reizung: RA. 0 Mm. Während der Reizung dauernde Contraction. 4 Sec. nach Aufhören der Reizung Wiederbeginn der Pulsationen im normalen Tempo und Typus.

§ 13.

Die Resultate dieser Versuche sowie die der anderen, die ich ausführte und nicht ausführlich mittheile, stimmen vollständig un-

tereinander überein, und lassen sich folgendermaassen zusammen-
fassen:

An einem pulsirenden embryonalen Herzen veranlassen schwache
Inductions-Wechselströme keine Frequenzänderung. Bei mittel-
starken Strömen tritt eine Beschleunigung auf, welche
unter bedeutendem Abnehmen der Dauer der Diastole
sich bei starken Strömen schliesslich in einen, während
der ganzen Dauer des intermittirenden Reizes anhalten-
den systolischen Stillstand verwandelt. Der systolische
Stillstand tritt nicht gleich nach dem Durchleiten des
Stromes auf und löst sich erst einige Secunden nach dem
Aufhören des Reizes. Dass dieser systolische Stillstand
einem Tetanus gleich ist, liegt auf der Hand. Der Systole-
Stillstand bei starken Strömen tritt auch in den frühen Stadien,
wenn das Herz eben anfängt zu pulsiren, auf.

Bei der 41. Versuchsreihe und ähnlichen stellte sich heraus,
dass von keiner Stelle des Körpers aus eine Frequenzänderung hervorgerufen werden kann, wenn nicht die
die beiden Elektroden verbindende gerade Linie durch
das Herz geht.

§ 14.

Der constante Strom erwies sich dagegen unwirksam.
Schwache, so gut wie starke Ströme beeinflussten die Frequenz
des embryonalen Herzens nicht im Mindesten; ausserdem trat die
unvermeidliche elektrolytische Zersetzung der Beobachtung sehr
störend in den Weg. Ebenso wie der constante Strom verhielten
sich einzelne Schläge. Ein Beispiel:

Versuch 41 II.

Ei am 13. Juli 6ʰ Nm. eingelegt; am 17. Juli 2ʰ Nm. herausgenommen.
Bebrütungsdauer 92 St. Zimmertemp. 21,0°. Sandtemp. 44,0°. In 30 Sec. 67
Pulsationen.

25 Min. nach dem Öffnen. Sandtemp. 43,0°. In 15 Sec. 28 Pulsat. Nach
Einführung der Elektroden in 15 Sec. 21 Pulsat. Die Elektroden standen mit
einer aus einem grossen und einem kleinen Grove bestehenden Kette in Ver-
bindung. In die Leitung waren ein Vorreiberschlüssel und ein Pohl'scher
Stromwender eingeschaltet.

Eine Elektrode an der Bauchseite des Herzens, die andere am Rücken
des Embryo. Strom vom Bauche zum Rücken gehend; Dauer 65 Sec. In 15
Sec. 21 Pulsat. Wendung. Dauer des Stromes 36 Sec. Während der Zeit in
15 Sec. 20 Pulsationen.

Elektroden an die Kopf- und Schwanzkrümmung; die die Pole verbindende
gerade Linie geht durch das Herz. Strom in beiden Richtungen durchgeleitet;

Frequenz und Typus derselbe. Elektrolyse verhindert jede weitere Beobachtung. Unpolarisirbare Elektroden waren wegen der Kleinheit des Objectes unanwendbar.

§ 15.

Ausser mechanischen, thermischen und elektrischen Reizen eignen sich zu Versuchen am embryonalen Herzen vorzüglich **chemische** Reize. Von den geprüften Stoffen waren einige unwirksam, andere wirkten lähmend, andere erregend. Es wurden auf ihre Wirkungsweise geprüft: Wasser, ein Kaliumsalz, ein Natriumsalz, ein Ammoniumsalz, Alkohol, Äthyläther, Aldehyd, Chloralhydrat, Morphium, Nicotin, Atropin, Curarin und Chinin. Da es nicht statthaft war, die verschiedenen festen Stoffe in Substanz dem Eie einzuverleiben, benutzte ich genau procentirte Lösungen. Als Lösungsmittel sollte Wasser dienen. Es war daher nöthig vor allen Dingen zu wissen, wie sich das embryonale Herz dem Wasser gegenüber verhält. Zur Beobachtung wurde das Ei wie gewöhnlich geöffnet und die Flüssigkeit mittelst einer höchst genau calibrirten Pipette (von G e i s s l e r in Bonn) dem Eiinhalte zugefügt, nachdem sie vor der Anwendung auf 37—39° erwärmt worden war.

§ 16.

Mit W a s s e r wurden in dieser Weise mehrere Versuche angestellt.

Versuch 46.

Ei am 20. Juli 6^h 30^m Nm. eingelegt; am 24. Juli 3^h 35^m Nm. herausgenommen. Bebrütungsdauer 94 St. Zimmertemp. 20,0°. Sandtemp. 44,0°. In 30 Sec. 59 Pulsationen.

Die folgenden Pulsationszahlen dieses Versuches beziehen sich sämmtlich auf das Intervall von 15 Secunden.

3^h 56^m Nm.: Zusatz von 0,2 Cbcm. destill. Wassers auf 40° erwärmt:

Min. nach Zusatz	Pulsationen	Min. nach Zusatz	Pulsationen
$\frac{1}{4}$	20	6	26
1	25	9	26
2	25	12	26
3	22	15	30
4	24	Verhalten gegen den Strom normal.	

4^h 20^m Nm.,: Zusatz von 0,6 Cbcm. destill. Wasser auf 42° erwärmt:

Min. nach Zusatz	Pulsationen	Min. nach Zusatz	Pulsationen
$\frac{1}{4}$	30	14	40
1	30 Bad 42,0°	15	40
2	28	17	38
3	28	18	40
10	40	19	39 Bad 39,0°
12	42 Bad 41,0°		

4ʰ 40ᵐ Nm.: Zusatz 0,6 Cbcm. destill. Wasser auf 29⁰ erwärmt:

Min. nach Zusatz	Pulsationen	Min. nach Zusatz	Pulsationen
¼	26	10	25 Bad 37,0⁰
1	25	12	27 unregelmässig
2	26	15	10
3	28	17	8
5	30		

4ʰ 57ᵐ Nm.: Zusatz von 0,4 Cbcm. destill. Wasser auf 45⁰ erwärmt:

Min. nach Zusatz	Pulsationen
½	28
1	13
2	9
3	6
6	5

5ʰ 4ᵐ Nm.: Zusatz von 0,2 Cbcm. destill. Wasser auf 48⁰ erwärmt:

Min. nach Zusatz	Pulsationen
⅛	25 sehr klein und schwach
1	10
2	2
5	½

Völliger Stillstand erfolgte um 5ʰ 10ᵐ Nm.

Die Wirkungsweise des Wassers ist, wie aus dieser Versuchsreihe zu ersehen, eine nach der Temperatur verschiedene. Ist das Wasser kälter als das Ei, so tritt eine plötzliche Abnahme der Frequenz ein; die Rückkehr zur Norm erfolgt ganz allmählich. Ist die Temperatur des Wassers höher, als die des Eies, so tritt eine plötzliche Steigerung der Frequenz ein, welcher eine ziemlich langsame Abnahme folgt. Das Wasser als solches scheint nicht auf die Frequenz des embryonalen Herzens einzuwirken, es sei denn, dass es durch Hemmung der Austrocknung die Frequenzabnahme verzögert (vgl. § 6 und § 10). Die durch das Wasser hervorgebrachten Erscheinungen sind im Übrigen dieselben, welche thermische Reize hervorrufen (vgl. § 11). Beim Zufügen von kaltem Wasser (welches einige Grade weniger als das Ei zeigte) beobachtete ich jedoch mehrmals, gleich nach dem Zusetzen, eine kleine Frequenzsteigerung; es kann diese kaum eine andere.als eine durch den mechanischen Reiz, den das Wasser auf den Embryo ausübte, hervorgerufene sein, denn sie machte regelmässig einer schnellen Abnahme Platz. Wie dagegen die regelmässig bei entschalten Eiern im Wasserbade zu beobachtende Arhythmie der Herzbewegungen zu erklären ist, bleibt fraglich. Man kann kaum annehmen, dass auch im intacten bebrüteten Ei das Herz so sehr arhythmisch schlägt. Wahrscheinlicher ist es, dass durch Diffusionsströme Concentrationsänderungen des Gewebsaftes und Blutes herbeigeführt werden.

§ 17.

Wichtig ist die Beobachtung, dass Kalisalpeter, für das ausgebildete Herz ein intensives Gift, auch das embryonale in seiner Thätigkeit hemmt. Es gehört zu den stärksten Giften für das embryonale Herz. Die Wirkung ist nach der Menge des eingeführten Giftes verschieden. Grosse Mengen (0,1 Grm.) wirken augenblicklich tödtend; kleinere Mengen (0,005) wirken langsamer tödtend. Noch kleinere Mengen (0,001) heben die Regelmässigkeit der Contractionen auf, und ganz kleine Mengen (0,0001) sind wirkungslos. Gegen den tetanisirenden elektrischen Reiz verhielt sich das Herz nach dem Zusatz wie ein normales, d. h. es trat bei schwächeren Strömen eine Beschleunigung, bei starken Tetanus ein, vorausgesetzt, dass die zugefügte Menge von Kaliumnitrat nicht über 0,0005 Grm. betrug.

Versuch 58.

Ei am 2. August 8^h Nm. eingelegt; am 6. August 2^h 30^m Nm. herausgenommen. Bebrütungsdauer 93 St. Zimmertemp. 21,0°. Sandtemp. 42°. In 30 Sec. 74 Pulsationen.

2^h 32^m Nm.: In 15 Sec. 33 Pulsationen. Zusatz von 0,1 Cbcm. einer 5-procentigen Lösung von Kaliumnitrat auf 38° erwärmt. Die Pulsationen beziehen sich auf den Zeitraum von 15 Secunden:

Min. nach Zusatz	Pulsationen	
½	28	sehr klein
1	22	
1½	20	
2	21	
3	16	unregelmässig
4	10	
5	5	sehr unregelmässig
6	7	
8	2	
12	völliger Stillstand	

Versuch 50.

Ei am 26. Juni 7^h 30^m Nm. eingelegt; am 30. Juni 10^h 5^m Vm. herausgenommen. Bebrütungsdauer 86 St. Zimmertemp. 18,6°. Sandtemp. 40,0°. In 30 Sec. 68 Pulsationen.

10^h 20^m Vm.: In 15 Sec. 20 Pulsat. Zusatz von 0,1 Cbcm. einer 1procentigen Lösung von Kaliumnitrat auf 38° erwärmt. Innerhalb 15 Sec.:

Min. nach Zusatz	Pulsationen		Min. nach Zusatz	Pulsationen
$\frac{1}{6}$	11		5	9 unregelmässig
1	13		6	8
$1\frac{1}{2}$	14		7	10 Dauer d. Diastole 2″—3″
2	16		8	11
$2\frac{1}{2}$	12		10	12
3	12 Diastole verlängert		11	13
4	10		13	12

10^h 40^m Vm.: In 15 Sec. 12 Pulsat. Zusatz von 0,1 Cbcm. derselben Lösung auf 38° erwärmt. Gleich nach Zusatz diastolischer Stillstand während 45 Sec. Dann in 15 Sec. nur 2 schnell hintereinander folgende Contractionen.

1 Min. nach Zusatz: in 15 Sec. 8 in unregelmässigen Zeiträumen erfolgende Contractionen.

1$\frac{1}{4}$ Min. nach Zusatz: in 15 Sec. 20 Pulsationen. Darauf diastol. Stillstand während 15 Sec.

3 Min. nach Zusatz: 15 Pulsat. in 15 Sec. Die Contractionen erfolgen in sehr ungleich langen Intervallen: 15 bis 35 Pulsat. in 15 bis 20 Sec.; dann wieder diastol. Stillstand während 10 bis 45 Sec.

11^h 10^m Vm.: 10 Pulsat. in 15 Sec.

11^h 15^m Vm.: in 120 Sec. keine Contractionen.

12^h 5^m Nm.: in 15 Sec. 10 Pulsationen u. s. w.

Versuch 49.

Ei am 24. Juli 7^h Nm. eingelegt; am 28. Juli 6^h 15^m Nm. herausgenommen. Bebrütungsdauer 95 St. Zimmertemp. 22,5°. Sandtemp. 40°. In 30 Sec. 66 Pulsationen.

6^h 23^m Nm.: Zusatz von 0,1 Cbcm. einer 0,1procentigen Lösung von Kaliumnitrat auf 38° erwärmt.

Min. nach Zusatz	Pulsationen in 15″		Min. nach Zusatz	Pulsationen in 15″
$\frac{1}{6}$	33		4	29
1	33		5	31
$1\frac{1}{2}$	31		6	30
2	30		7	30
$2\frac{1}{2}$	30		8	30
3	30		12	30

Diese Versuche genügen, was oben von der Wirkung des salpetersauren Kali behauptet wurde, zu begründen.

§ 18.

Die Frage, ob neutrale Ammoniumsalze ebenso auf das ausgebildete Herz wirken, wie die entsprechenden Kaliumverbindungen, oder ob sie unschädlich sind, wie die Natriumsalze, ist bis heute noch nicht endgültig entschieden. Die folgenden Versuche zeigen, dass wenigstens éin Salz, das Ammoniumnitrat, das embryonale Herz ebensowenig wie die neutralen Natriumsalze afficirt.

Versuch 56.

Ei am 31. Juli 6^h 30^m Nm. eingelegt; am 4. Aug. 1^h 20^m Nm. herausgenommen. Bebrütungsdauer 91 St. Zimmertemp. 20,0^0. Sandtemp. 37,0^0. In 30 Sec. 78 Pulsationen.

1^h 25^m Nm.: 28 Pulsat. in 15 Sec. Zusatz von 0,1 Cbcm. einer 5procentigen Lösung von Ammoniumnitrat auf 38^0 erwärmt. In 15 Secunden fanden statt:

Min. nach Zusatz	Pulsationen	Min. nach Zusatz	Pulsationen
$\frac{1}{2}$	20	3	21
1	19	4	21
1$\frac{1}{2}$	21	5	22
2	24	6	22
2$\frac{1}{2}$	22	9	21

Die Wirkung des Ammoniumnitrat auf die Frequenz des embryonalen Herzens ist also gleich Null, jedenfalls tritt keine dauernde Abnahme derselben ein. Der kleine Abfall der Frequenz, gleich nach Zusatz wird schwerlich als eine Wirkung des Salzes aufgefasst werden können.

§ 19.

Ähnlich wie Ammoniumnitrat verhält sich Natriumnitrat, mit welchem auch wiederholt experimentirt wurde.

Versuch 57.

Ei am 2. Aug. 8^h Nm. eingelegt; am 6. Aug. 1^h 25^m Nm. herausgenommen. Bebrütungsdauer 89 St. Zimmertemp. 21,0^0. Sandtemp. 39,0^0. In 30 Sec. 66 Pulsationen.

1^h 30^m Nm.: 27 Pulsat. in 15 Sec. Zusatz von 0,1 Cbcm. einer 5procentigen Lösung von Natriumnitrat, die auf 38^0 erwärmt war. In 15 Sec. fanden statt:

Min. nach Zusatz	Pulsationen	Min. nach Zusatz	Pulsationen
$\frac{1}{2}$	24	4	26
1	31	5	28
2	27	11	26
2$\frac{1}{2}$	27	19	20
3	25		

Auch Natriumnitratlösungen verhalten sich also wie Wasser. Da jedoch sowohl bei diesem wie beim vorigen Salze unverkennbar die Frequenzabnahme nicht so schnell eintrat, wie beim unvergifteten Eie *ceteris paribus* (vgl. § 6), so wäre entweder durch den Salzzusatz ein conservirender Einfluss zu constatiren oder man müsste diesen Salzen sogar eine geringe erregende Wirkung zuschreiben. Dieses würde dann auch für Kalisalpeter in minimalen Mengen Geltung haben (Vers. 49). Am wahrscheinlichsten ist es aber, dass in allen diesen Fällen lediglich durch den Wasserzusatz, sofern dieser die Verdunstung verzögerte, die Frequenzabnahme verzögert wurde. Denn auch nach dem Zusatz reinen Wassers von der Temperatur des Eies geschieht (§ 16) die Abnahme langsamer als ohne jeden Zusatz (§ 10), desgleichen nach Zusatz indifferenter wässeriger Morphium- und Curarinlösungen (§ 24 und § 27).

§ 20.

Schenk hat, wie er in seiner oben erwähnten Arbeit mittheilt, keine Substanz finden können, welche eine Beschleunigung der Herzthätigkeit hervorgerufen hätte. Ich habe in dem Alkohol einen solchen Körper gefunden. Alkohol ruft in kleinen Quantitäten und ziemlich stark verdünnt regelmässig eine enorme Beschleunigung (bis zu 60 in 15 Sec.) der Pulsationen hervor. Bei kleineren Mengen ist die Frequenzzunahme nicht so bedeutend wie bei grösseren. Bei sehr grossen Mengen tritt jedoch fast augenblicklich diastolischer Stillstand ein. Hier einige Belege:

Versuch 78.

Ei am 21. Aug. 9^h Vm. eingelegt; am 24. Aug. 2^h 25^m Nm. herausgenommen. Bebrütungsdauer 78 St. Zimmertemp. 20,5°. Sandtemp. 39,0°. In 30 Sec. 80 Pulsationen.

2^h 57^m Nm.: 32 Pulsat. in 15 Sec. Zusatz von 0,1 Cbcm. 10procentigen Alkohols auf 38° erwärmt. In 15 Sec.:

Min. nach Zusatz	Pulsationen	
$\frac{1}{6}$	18	
$\frac{2}{3}$	20	
1	27	Starke Blutfülle des Herzens
$1\frac{1}{2}$	45	
2	unzählbare	
$2\frac{1}{2}$		Stillstand in Diastole bei enormer Erweiterung
bis 5	26	Blutfülle zur Norm zurück gekehrt
7	26	
8	24	Pulsationen regelmässig.

3^h 7^m Nm.: Zusatz von 0,1 Cbcm. derselben Flüssigkeit auf 38° erwärmt. In 15 Sec.:

Min. nach Zusatz	Pulsationen	
$\frac{1}{6}$	27	
$\frac{2}{3}$	24	
1	28	Herz stark gefüllt
$1\frac{1}{2}$	85	

Min. nach Zusatz	Pulsationen	
2	33	
$2\frac{1}{2}$	40	
3	30	
4	27	
5	31	Füllung des Herzens lässt nach.

Zusatz von 0,2 Cbcm. derselben Flüssigkeit auf 38° erwärmt. In 15 Sec.:

Min. nach Zusatz	Pulsationen	
$\frac{1}{6}$	19	
$\frac{2}{3}$	26	Herz prall gefüllt.
1	22	
$1\frac{1}{2}$	19	
2	23	Füllung lässt nach.
$2\frac{1}{2}$	23	Bad 36°.

Der Embryo wurde zu anderen Zwecken benutzt.

Versuch 80.

Ei am 22. Aug. 9ʰ Vm. eingelegt; am 25. Aug. 1ʰ 45ᵐ Nm. herausgenommen. Bebrütungsdauer 77 St. Zimmertemp. 20,5". Sandtemp. 41,0°. In 30 Sec. 82 Pulsationen.

1ʰ 48ᵐ Nm.: In 15 Sec. 35 Pulsat. Zusatz von 0,1 Cbcm. 10procentigen Alkohols auf 38° erwärmt. In 15 Secunden·:

Min. nach Zusatz	Pulsationen	
$\frac{1}{6}$	34	
$\frac{2}{3}$	32	
1	37	Herz stark gefüllt.
$1\frac{1}{2}$	40	
2	37	
$2\frac{1}{3}$	36	
3	33	
4	31	Blutfülle lässt nach.
6	33	
9	32	
11	30	

Zusatz von 0,1 Cbcm. 33procentigen Alkohols auf 38° erwärmt. In 15 Sec.:

Min. nach Zusatz	Pulsationen	
$\frac{1}{6}$	27	
$\frac{2}{3}$	34	Unter Blasswerden der *Area* ungemein starke
1	47	Blutfülle des Herzens.
$1\frac{1}{2}$	60	
2	56	
$2\frac{1}{2}$	37	
3	27	
4	22	Blutfülle lässt nach.
5	20	Bad 39°.
6	21	
10	22	Diastole verlängert.
15	21	Pulsat. normal.

Zusatz von 0,05 Cbcm. 90 procentigen Alkohols auf circa 16° erwärmt. In 15 Secunden:

Min. nach Zusatz	Pulsationen
$\frac{1}{2}$	17
$\frac{3}{4}$	18
1	Stillstand in Diastole.

Bei diesen Versuchen findet sich sogleich nach Zusatz der Flüssigkeit eine kleine Frequenzabnahme von geringer Dauer. Ob die Flüssigkeit nicht genau den gewünschten Temperaturgrad hatte, oder ob dieser kleine Abfall für den Alkohol charakteristisch ist, muss dahin gestellt bleiben. Ähnliches wurde schon (§ 18 und § 19) beim Ammonium- und Natriumnitrat beobachtet. Es ist daher nicht unwahrscheinlich, dass die geringe Abnahme von der Art der Application abhängt und durch locale Temperaturausgleichungen sowie Diffusionsströme bedingt sei, welche Anfangs sehr wohl störend wirken könnten, während bald darauf eine Adaptation des Herzens an den neuen Zustand einträte.

Bei allen Alkoholversuchen war eine überaus starke Blutfüllung des Herzens vorhanden; es schien, als ob das Herz platzen müsse, und es hatte den Anschein, als mühe sich dasselbe vergebens ab, das in so grossen Mengen zuströmende Blut auszustossen. Die fruchtlosen Anstrengungen währten in dem einen Falle so lange, bis das Herz schliesslich ermattet während $2^{1}/_{2}$ Min. in diastolischem Stillstand verharrte. Das Zurückkehren zu einer normalen Frequenz scheint erst eintreten zu können, wenn der Alkohol zum grössten Theil verdunstet ist, was allerdings bei einer Temperatur von 40° rasch geschehen kann.

Die Intensität der Wirkung des Alkohols scheint auch von individuellen Verschiedenheiten der Embryonen abzuhängen.

Die Beobachtung, dass bei Zusatz von grösseren Mengen eine prämortale Frequenzsteigerung stattfindet, wäre zum Schluss noch hervorzuheben. Es scheint, dass der Alkohol in kleinen Quantitäten erregend, in grossen lähmend auf das embryonale Herz wirkt, und dass er eine Contraction der Gefässe der *Area vasculosa* hervorzurufen im Stande ist. (S. a. v. S. die Bemerkung bei Versuch 80, zweiter Zusatz.)

§ 21.

Bei weitem nicht so wirksam wie der Alkohol zeigte sich der Äthyläther.

Versuch 88.

Ei am 25. Aug. 8ʰ 15ᵐ Vm. eingelegt; am 28. Aug. 2ʰ 28ᵐ Nm. herausgenommen. Bebrütungsdauer 78 St. Zimmertemper. 21,0°. Sandtemp. 39,0°. In 30 Sec. 66 Pulsationen.

2ʰ 31ᵐ Nm.: 15 Sec. 24 Pulsat. Zusatz von 0,1 Cbcm. eines auf 38° erwärmten Gemisches von Wasser und Äther (100:5). In 15 Secunden:

Min. nach Zusatz	Pulsationen	
$\frac{1}{6}$	24	
$\frac{2}{3}$	23	
1	27	
$1\frac{1}{2}$	28	
2	26	
$2\frac{1}{2}$	24	
3	23	
5	20	
6	20	
7	23	Hier wurde 0,1 Cbcm. einer an Äther viel
$7\frac{1}{2}$	23	reicheren Flüssigkeit zugesetzt.
8	21	

Auch hier jedesmal nach Zusatz eine kleine Frequenzsteigerung, und 40 Sec. nach dem ersten Zusatz findet sich wie beim Alkohol ein Abfall, aber ich lasse es dahin gestellt sein, ob Äther auch zu den Erregern des embryonalen Herzens gehört, denn auch die anderen damit angestellten Versuche gaben kein entscheidendes Resultat.

§ 22.

Dagegen ist Aldehyd ein sehr starkes Gift für das embryonale Herz. Der Aldehyd wurde mit Wasser gemischt im Verhältniss 5 : 100.

Versuch 90.

Ei am 26. Aug. 10ʰ Vm. eingelegt; am 29. Aug. 1ʰ 40ᵐ Nm. herausgenommen. Bebrütungsdauer 76 St. Zimmertemp. 21,5°. Sandtemp. 47,0°. In 30 Sec. 88 Pulsationen.

1ʰ 44ᵐ Nm.: In 15 Sec. 35 Pulsat. Zusatz von 0,1 Cbcm. des auf 38° erwärmten Gemisches.

10 Sec. nach Zusatz einige Pulsat. in 15 Sec.
25 „ „ „ Stillstand in Diastole.
$1\frac{1}{2}$ Min. „ „ 32 Pulsat. in 15 Sec.

Kräftige Contractionen wechseln mit schwachen ab und treten in verschieden langen Zwischenräumen auf. Völliger Stillstand erfolgt 4 Min. nach Zusatz.

Versuch 91.

Ei am 26. Aug. 10ʰ Vm. eingelegt; am 29. Aug. 1ʰ 55ᵐ Nm. herausgenommen. Bebrütungsdauer 76 Stunden. Zimmertemp. 21,0°. Sandtemp. 45,0°. Pulsat. in 30 Sec. 87.

2^h Nm.: In 15 Sec. 41 Pulsat. Zusatz von 0,05 Cbcm. des auf 38° er·wärmten Gemisches. In 15 Sec.:

Min. nach Zusatz	Pulsationen
$\frac{1}{5}$	32
$\frac{2}{3}$	5
1	0
$1\frac{1}{2}$	Vereinzelte Contractionen.
2	Contractionen häufiger, in unregelmässigen Intervallen. Verschieden stark.
6	Stillstand in Diastole.

Auch hier ist die prämortale Steigerung ebenso deutlich wie an dem ohne jeglichen Zusatz absterbenden Herzen. **Aldehyd wirkt somit auf das embryonale Herz lähmend.**

§ 23.

Auch **Chloralhydrat** wirkt auf das embryonale Herz in kleinen Dosen schon ziemlich energisch ein; es tödtet dasselbe rasch.

Versuch 88.

Ei am 23. Aug. 9^h Vm. eingelegt; am 26. Aug. 1^h 10^m Nm. herausgenommen. Bebrütungsdauer 76 St. Zimmertemp. 21,0°. Sandtemp. 40,0°. In 30 Sec. 81 Pulsationen.

1^h 13^m Nm.: In 15 Sec. 30 Pulsat. Zusatz von 0,1 Cbcm. einer 5procentigen Lösung von Chloralhydrat auf 38° erwärmt. In 15 Sec.:

10 Sec. nach Zusatz 20 Pulsat.

40 „ „ „ 10 Blutfülle des Herzens auffallend.

1 Min. „ „ 0

Selbst auf mechanischen Reiz keine Contractionen.

Versuch 85.

Ei am 23. Aug. 9^h Vm. eingelegt; am 26. Aug. 1^h 29^m Nm. herausgenommen. Bebrütungsdauer 76 St. Zimmertemp. 21,0°. Sandtemp. 39,0°.

1^h 30^m Nm.: In 15 Sec. 38 Pulsat. Zusatz von 0,1 Cbcm. einer auf 38° erwärmten 2,5procentigen Lösung von Chloralhydrat. In 15 Sec.:

Min. nach Zusatz	Pulsationen		Min. nach Zusatz	Pulsationen	
$\frac{1}{5}$	33		3	26	
$\frac{1}{2}$	31		4	23	
1	32		5	24	
$1\frac{1}{2}$	32	Herz stark gefüllt.	6	21	Bad 37,0
2	28		7	20	
$2\frac{1}{2}$	27		9	22	

Beim letzten Versuche verhielt sich demnach die Lösung wie Wasser.

§ 24.

Morphium scheint auf die Frequenz des embryonalen Herzens nicht in ausgeprägter Weise einzuwirken; verhältnissmässig grosse Mengen beeinträchtigen es in seiner Thätigkeit nicht.

Versuch 68.

Ei am 5. Aug. 6^h 30^m Nm. eingelegt; am 9. Aug. 1^h 30^m Nm. herausgenommen. Bebrütungsdauer 93 St. Zimmertemp. 22,5°. Sandtemp. 42,5°. Pulsationen in 30 Sec. 66.

1^h 34^m Nm.: 28 Pulsat. in 15 Sec. Zusatz von 0,1 Cbcm. einer auf 38° erwärmten 0,9procentigen Lösung von salzsaurem Morphium. In 15 Sec.:

Min. nach Zusatz	Pulsationen	
$\frac{1}{6}$	25	
$\frac{2}{3}$	12	
1	10	Diastole verlängert.
1$\frac{1}{2}$	25	
2	26	
3	26	
4	24	
5	—	Reizung durch interm. Strom bewirkte Tetanus.
8	20	
13	13	
14	9	Reizung mit schwachem Strom bewirkte Be-
26	14	schleunigung.
30	9	
42	6	

Der Frequenzabfall in der ersten Zeit ist vielleicht durch die Temperatur des zugeführten Wassers hervorgerufen, die Steigerung bei 26 wohl als die prämortale aufzufassen. Es bleibt wenigstens zweifelhaft, in wie fern bei beiden Schwankungen etwa das Morphium betheiligt sei. Denn auch andere Versuche ergaben kein sicheres Resultat.

§ 25.

Ganz anders reagirt das Embryo-Herz auf Nicotin, welches zu den entschiedensten embryonischen Herzgiften zu rechnen ist. Hier ist es leicht zu beobachten, wie das Herz gelähmt wird. Die Diastole wird verlängert. Die Spannung im Herzen muss bedeutend grösser sein als gewöhnlich, ehe es zur Systole kommt.

Versuch 75.

Ei am 20. Aug. 8^h 30^m Vm. eingelegt; am 23. Aug. 1^h 35^m Nm. herausgenommen. Bebrütungsdauer 77 St. Zimmertemp. 20,5°. Sandtemp. 39,0°. In 30 Sec. 86 Pulsationen.

1^h 39^m Nm.: In 15 Sec. 28 Pulsat. Zusatz von 0,1 Cbcm. einer auf 38° erwärmten 1procentigen Nicotinlösung. In 15 Sec.:

Min. nach Zusatz	Pulsationen
$\frac{2}{3}$	16
1	15
$1\frac{1}{2}$	7
2	Stillstand in Diastole.

§ 26.

Zu den Stoffen, welche das embryonale Herz lähmen, gehört auch At ro pin.

Versuch 74.

Ei am 19. Aug. 10ʰ 30ᵐ Vm. eingelegt; am 22. Aug. 1ʰ 35ᵐ Nm. herausgenommen. Bebrütungsdauer 75 St. Zimmertemp. 22,0". Sandtemp. 42,0". In 30 Sec. 78 Pulsationen.

1ʰ 40ᵐ Nm.: In 15 Sec. 20 Pulsat. Zusatz von 0,1 Cbcm. einer auf 38° erwärmten 1procentigen Lösung von schwefelsaurem Atropin. In 15 Sec.:

Min. nach Zusatz	Pulsationen		Min. nach Zusatz	Pulsationen
$\frac{1}{6}$	16		3	10
$\frac{2}{3}$	16		4	12
1	15		6	12
$1\frac{1}{2}$	15		10	10
2	13		13	0 auf mechan. Reiz noch
$2\frac{1}{2}$	13		1 Contract. Dann Stillstand.	

Es dauert nicht immer so lange, bis das Herz zum Stillstand kommt. Einmal trat in einem 77 Stunden lang bebrüteten Eie völliger Stillstand schon $1\frac{1}{2}$ Min. nach Zusatz von 0,1 Cbcm. einer gleich starken Lösung ein.

§ 27.

In bemerkenswerther Weise indifferent verhält sich das embryonale Herz gegen Curarin. Das benutzte Präparat (*Curarinum sulfuric.*) stammte aus Bonn. Um seine Wirksamkeit zu prüfen, wurde 0,06 Cbcm. der 0,6procentigen Lösung einem Frosche unter die Rückenhaut injicirt; schon 2 Min. später lag er völlig bewegungslos da.

Versuch 66.

Ei am 7. Aug. 4ʰ 30ᵐ Nm. eingelegt; am 11. Aug. 1ʰ 25ᵐ Nm. herausgenommen. Bebrütungsdauer 93 St. Zimmertemp. 22,0°. Sandtemp. 40,0°. In 30 Sec. 67 Pulsationen.

1ʰ 30ᵐ Nm.: 26 Pulsat. in 15 Sec. Zusatz von 0,1 Cbcm. einer auf 38° erwärmten 0,18procentigen Lösung von s c h w e f e l s a u r e m C u r a r i n. In 15 Secunden:

Min. nach Zusatz	Pulsationen	Min. nach Zusatz	Pulsationen
$\frac{1}{6}$	25	$2\frac{1}{2}$	21
$\frac{2}{3}$	25	3	21
1	24	4	20
$1\frac{1}{2}$	22	5	20
2	22	6	18

Zusatz von 0,1 Cbcm. einer auf 38^0 erwärmten 0,6procentigen Lösung von schwefelsaurem Curarin. In 15 Sec.:

Min. nach Zusatz	Pulsationen	Min. nach Zusatz	Pulsationen
$\frac{1}{6}$	18	$2\frac{1}{2}$	17
$\frac{2}{3}$	18	3	16
1	16	4	17
$1\frac{1}{2}$	17	5	15
2	18	u. s. w.	

§ 28.

Chinin wirkt bekanntlich auf niedere Organismen ungemein giftig. Weisse Blutkörper stellen, wie Binz entdeckte, ihre Bewegungen ein, wenn sie mit Chinin in Berührung kommen; überhaupt hört das Protoplasma auf zu leben, wenn es mit kleinen Mengen dieses Stoffes zusammengebracht wird. Es war daher interessant zu erfahren, wie er auf das embryonale Herz einwirkt. Die Versuche zeigen, dass Chinin eines der stärksten Gifte für dasselbe ist. Sehr kleine Mengen schon brachten das Herz zum Stillstand, und zwar in kürzester Zeit, z. B. 0,4 Milligramm in 5 Minuten.

Versuch 61.

Ei am 3. Aug. 2^h Nm. eingelegt; am 7. Aug. 2^h Nm. herausgenommen. Bebrütungsdauer 96 Stunden. Zimmertemp. $22,0^0$. Sandtemp. $40,0^0$. In 30 Sec. 88 Pultationen.

2^h 14^m Nm.: 35 Pulsat. in 15 Sec. Zusatz von 0,1 Cbcm. einer auf 38^0 erwärmten 0,4procentigen Lösung von salzsaurem Chinin. In 15 Secunden:

Min. nach Zusatz	Pulsationen	
$\frac{1}{6}$	38	
$\frac{2}{3}$	35	
1	25	
$1\frac{1}{2}$	18	
2	19	
$2\frac{1}{2}$	20	sehr kleine Contractionen.
3	10	kaum sichtbare.
5	0	Völliger Stillstand.

Auch hier wieder prämortale Frequenzsteigerung. Noch kleinere Mengen (0,00004) erwiesen sich unwirksam.

§ 29.

Fasse ich zum Schluss die Hauptresultate der ganzen Untersuchung kurz zusammen, so würden sich dieselben etwa folgendermaassen formuliren lassen:

Die Contractionen des embryonalen Herzens im bebrüteten Hühnerei fangen meistens mit der zweiten Hälfte des zweiten Tages an; vor der 35. und nach der 55. Incubationsstunde pflegt bei normalen Eiern und normalem Erwärmen die erste Systole nicht einzutreten.

Die Frequenz der Herzschläge innerhalb der ersten Minute nach dem Öffnen des Eies beträgt zu Ende des zweiten Incubationstages, bis zu Anfang des dritten, weniger als zu Ende des dritten und zu Anfang des vierten Tages; wann sie aber ihr Maximum erreicht, ist noch zu ermitteln.

Nothwendig für die Fortdauer der Herzthätigkeit im Ei ist die Füllung des Herzens mit Blut; denn nach Unterbrechung des Blutstromes steht das Herz still. Es kann jedoch, wie Schenk richtig beobachtete, auch das blutfreie, sogar das zerschnittene Embryo-Herz noch kurze Zeit schlagen, wenn es erwärmt wird. Wahrscheinlich spielt auch bei der Auslösung der ersten Systole die Erwärmung der contractilen Substanz die Hauptrolle, indem Ströme warmer Flüssigkeit als thermische, oder zugleich als thermische und chemische, Reize fungiren. Und es ist wohl möglich, dass auch später der Blutstrom durch seine Wärme die Zusammenziehung des Herzens auslöst. Denn in sehr hohem Grade hängt die Energie der Herzthätigkeit von der Temperatur ab. Beim Absterben, wo Abkühlung und Verdunstung zugleich nachtheilig wirken, vermindert sich schnell die Frequenz. Vor dem Herztode jedoch ist ein kurz dauerndes Stadium erhöhter Frequenz zu beobachten, welches an die vorübergehende Erhöhung der Erregbarkeit des Nerven vor seinem Tode erinnert.

Auch ohne Abkühlung lässt sich, wenn das Eiwasser verdunstet, eine schnelle Abnahme der Herzfrequenz constatiren; aber es gelang bis jetzt nicht durch künstlichen Verschluss des warmen Eies, also Verhinderung der Verdunstung und Abkühlung, den Embryo am Leben zu erhalten, vielmehr trat auch hier, wenn auch viel langsamer, die Abnahme der Herzthätigkeit ein. Es muss also noch etwas anderes ausser dem Wärme- und Wasserverlust beim Öffnen des Eies schädlich und tödtlich einwirken.

Zahlreiche Reizversuche lehrten, dass eine schnell vorübergehende Zunahme der Schlagzahl des Herzens im Embryo eintritt nach Berührung desselben, besonders aber beim Erwärmen und beim Reizen mit intermittirenden elektrischen Strömen, welche leicht einen Herztetanus herbeiführen. Dagegen verhält sich das embryonale Herz gegen den constanten galvanischen Strom in hohem Grade indifferent, indem selbst die die Beobachtung wesentlich beeinträchtigende Elektrolyse die Frequenz nicht merklich verändert. Auch der instantane galvanische Strom hat keinen bemerkenswerthen Einfluss auf das Embryo-Herz.

Sehr günstig für die Untersuchung der chemischen Reize ist der Umstand, dass ein beträchtlicher Zusatz von destillirtem Wasser, wenn es die Eitemperatur hat, die Herzfrequenz nicht alterirt, sondern höchstens die Abnahme beim Sterben verzögert, indem es die schädliche Wirkung der Verdampfung des Eiwassers vermindert. Änderungen nach Zusatz von wässerigen Lösungen müssen daher nicht dem Wasser, sondern den gelösten Stoffen zugeschrieben werden. So konnte mit Sicherheit die lähmende Wirkung des Kaliumnitrat festgestellt werden, während Natriumnitrat und Ammoniumnitrat sich indifferent verhalten. Besonders merkwürdig ist die von mir gefundene enorme Beschleunigung der Herzthätigkeit durch kleine Mengen Äthylalkohol, der in grösseren Mengen lähmt. Äthyläther wirkt viel weniger energisch, während Chloralhydrat und Aldehyd, namentlich letzteres, starke Herzgifte sind. Beide lähmen. Von Alkaloiden erwiesen Atropin, besonders aber Nicotin dadurch sich als sehr starke Gifte, dass sie das Herz des Embryo schnell lähmen. In noch höherem Grade kommt diese Wirkung dem Chinin zu, während Curarin in gleicher Menge keinen Einfluss auf die Herzfrequenz ausübt. Wie geringe Mengen der Herzgifte ausreichen, zeigt folgende Zusammenstellung: Herzstillstand tritt ein nach Zusatz von

0,005	Grm.	Kaliumnitrat	in	12	Min.
0,005	„	Chloral	„	1	„
0,002	„	Aldehyd	„	6	„
0,001	„	Atropin	„	$1\frac{1}{2}$	„
0,001	„	Nicotin	„	2	„
0,0004	„	Chinin	„	5	„

wobei zu bedenken, dass die zur Wirkung gelangenden Mengen in Wahrheit sehr viel kleiner waren, als die Zahlen angeben, weil die angewandten Lösungen sich mit dem Eiinhalte vermischen mussten

Die noch nicht musculöse und kein Nervengewebe enthaltende contractile Substanz des Embryo-Herzens ist also in chemischer Beziehung den differenzirten Geweben an Empfindlichkeit weit überlegen.

Denn diese Angaben gelten nur für das Herz in den ersten 4 Tagen der Incubation. Eine dankbare Aufgabe wird es sein, durch künftige Versuche die Änderungen des Verhaltens zu ermitteln, welche mit der Entwicklung der Herznerven, namentlich des *N. Vagus* im Fötus in die Erscheinung treten.

Jena, im Mai 1876.

Tabelle

über die

Herzfrequenz während der ersten Bebrütungstage und Beeinflussung derselben durch die Temperatur des Sandbades*).

Dauer der Bebrütung in Stunden	In der ersten Min. nach der Eröffnung in 30 Sec. Pulsat.	Sandtemperatur in Centigraden	Nummer des Versuches.
46	45	40,0	43
66	65	39,0	16
	68	38,0	15
67	52	—	108a
	66	—	108b
68	61	41,0	51
69	45	37,5	11
	56	38,0	24
	57	40,0	40
	60	38,0	23
70	54	41,0	25
	90	—	17
71	43	—	1
72	40	34,0	12
	65	40,0	18
	73	39,0	128
	78	—	19
73	24	—	93
	48	40,0	13
	70	40,0	14
	80	46,0	29

*) Zur Berechnung der Zahlen des § 3 wurden nur solche Versuche benutzt, bei denen das Thermometer im Sandbade nicht unter 38,0 und nicht über 40,0 zeigte.

3 *

Dauer der Bebrütung in Stunden	In der ersten Min. nach Eröffnung in 30 Sec. Pulsat.	Sandtemperatur in Centigraden	Nummer des Versuches
74	68	—	20
	74	40,0	67
75	67	37,0	37
	68	39,0	68
	78	42,0	74
76	67	38,5	69
	80	43,0	92
	80	39,5	84
	81	40,0	83
	84	44,0	79
	86	39,0	85
	87	45,0	91
	88	47,0	90
77	60	37,5	5
	80	44,0	71
	82	41,0	80
	84	44,0	77
	85	43,0	89
	86	30,9	75
78	66	39,0	88
	68	40,0	86
	70	40,0	72
	70	40,0	73
	80	39,0	78
	83	42,0	87
79	72	40,0	81
	76	40,0	82
86	65	41,0	35
	68	40,0	50
	78	40,0	50a
87	66	38,0	36
89	65	45,0	2
	66	39,0	27
90	74	42,0	58
91	63	39,5	64
	66	38,5	30
	66	42,5	63
	68	39,0	59
	78	37,0	56

Dauer der Bebrü-tung in Stunden	In der ersten Min. nach Eröffnung in 30 Sec. Pulsat.	Sandtemperatur in Centigraden	Nummer des Versuches
	50	40,0	3
92	56	41,0	45
	67	44,0	41
	45	38,0	27
	60	41,0	47
93	67	40,0	66
	68	39,0	62
	75	42,0	101
	88	38,5	65
	40	39,0	4
	55	42,0	42
94	59	44,0	46
	83	40,0	129
	86	38,5	32
95	66	40,0	49
	79	41,5	48
	53	—	111
	75	37,0	96
	81	40,0	39
96	84	38,0	28
	84	40,0	8
	84	40,0	9
	86	39,5	60
	88	40,0	61
	50	—	55
97	83	39,0	105
	90	40,0	54
98	71	38,0	97
	84	38,3	34
	56	40,0	38
	64	40,0	98a
99	70	—	100
	72	39,0	95
	72	40,0	99
116	82	—	130
117	70	—	98
	82	42,0	52

Dauer der Bebrü-tung in Stunden	In der ersten Min. nach der Eröffnung in 30 Sec. Pulsat.	Sandtemperatur in Centigraden	Nummer des Versuches.
119	64	38,0	21
	88	38,5	22
122	64	41,0	10 .
126	66	41,0	112
127	43	40,0	7
163	60	41,5	102
169	38	40,0	44

Verhalten der Herzfrequenz im Wasserbade, wobei die ganze Eischale entfernt.

Dauer der Bebrütung in Stunden	In der ersten Min. nach der Eröffnung in 30 Sec. Pulsat.	Wassertemper. in Centigraden	Nummer des Versuches
67	42	40,0	106
68	76	40,0	107
88	80	39,6	118
90	67	38,5	126
	79	39,1	120
95	74	39,0	110
96	76	39,0	124
105	76	39,0	119
119	82	38,6	117
	85	39,0	125
139	91	39,7	121
141	68	39,5	123
147	47	38,5	113
150	70	41,0	109
166	42	39,4	127
167	91	38,9	114
190	75	39,1	115 *)
220	56	38,4	116
268	76	39,6	122

*) Die letzten 3 Zählungen wurden an Gefässen vorgenommen.

Druck von A. Neuenhahn in Jena.